Gerold Braun

Daiko und der Kauz

Gerold Braun

Daiko und der Kauz

Die Natur entdecken und erleben

Mit 20 Zeichnungen

Parey Buchverlag Berlin 1997

Parey Buchverlag im
Blackwell Wissenschafts-Verlag
Kurfürstendamm 57, D-10707 Berlin

Die Zeichnungen im Text stammen von Christiane Gottschlich.

Die Deutsche Bibliothek – CIP-Einheitsaufnahme

Braun, Gerold:
Daiko und der Kauz : die Natur entdecken und erleben / Gerold Braun. -
1. Aufl. - Berlin : Parey, 1997
ISBN 3-8263-8491-1

Einbandgestaltung: Rudolf Hübler, Berlin, unter Verwendung eines Abbilds des Autors und der Bildagentur OKAPIA.
Satz und Repro: deutsch-türkischer fotosatz, Berlin
Druck und Bindung: Druckerei Schreck, Maikammer

Gedruckt auf chlorfrei gebleichtem Papier

Printed in Germany · ISBN 3-8263-8491-1

Geleitwort

In der heutigen Zeit stehen Jäger und die Jagd allzuoft in der öffentlichen Diskussion – teilweise bedingt durch Unwissenheit über Sinn und Funktion der Jagd, nicht selten aber auch durch einen fehlenden Bezug zur Natur und mangelnde Kenntnis der ökologischen Zusammenhänge.

Mit den Erlebnissen des Hundes Daiko und des Kauzes Huhu werden das natürliche Jagdverhalten von Tieren und die Verhältnisse in ihrer Umwelt liebevoll dargestellt. Die Erläuterungen der jagdlichen Fakten sind leicht verständlich. Die eingestreuten, illustrierten und mit einer kleinen Feder gekennzeichneten Textpassagen dienen über die Erzählhandlung hinaus dem tieferen Verständnis für diese Zusammenhänge.

Gerold Braun hat seine Geschichte aus dem Blickwinkel seines Hundes Daiko geschrieben. Auf eindrucksvolle Weise kommt sein besonderes Verhältnis zu diesem Hund – einem Deutsch-Langhaar – zum Ausdruck, dessen Zeuge auch ich schon geworden bin. Ich kenne Gerold Braun seit seiner Zeit als Jungjäger und habe seine Entwicklung zum versierten Weidmann und Jagdhundeführer, der auf internationalen Prüfungen sein Wissen und Können unter Beweis gestellt hat, mit wohlwollendem Interesse verfolgt.

Ich wünsche dem Buch eine große Verbreitung, vor allem aber dem jagdlich interessierten Leser, ob jung oder alt, ein erbauliches Vergnügen.

Drahnsdorf, im März 1997

Dr. Lutz Frank
Vorsitzender des Vereins
Deutsch Langhaar e.V.

Inhalt

Der Fund

Ach, war das Jagdhundleben schön. So dachte Daiko, der ein paar Schritte vor seinem Herrn, Förster Bachmann, nach Hause trottete. Müde und zufrieden war er. Schon im Dunkeln heute morgen waren die beiden aufgebrochen. Zum Pirschgang ins Revier hatte ihn sein Herr mitgenommen. Gleich hinterm Forsthaus, den Hohlweg durch, stand die interessanteste Wittrung, die es für eine Hundenase gab. Eine lange Hecke zog sich bis aufs Feld. Weißdorn, Schlehe, Rosen, Haselbusch und Weidensträucher. Dazwischen alte Eichen, Hainbuchen und, wo es etwas feuchter war, auch Eschen. Wer kam nicht nachts alles hier vorbei: Marder, Fuchs und Hase, Igel, Iltis, Dachs. Daiko überprüfte mit seiner Nase jeden Paß. Als junger Hund wäre er am liebsten jeder Wittrung hinterhergerannt. Und er lächelte in sich hinein: Wie unerfahren er doch damals war.

Tagsüber fühlt sich die Eidechse auf einem sonnenwarmen Stein wohl. Das scheue Reh nascht hier junge Triebe. Finken, Drosseln, Spatzen machen in der Hecke einen Lärm, daß man das Leben glaubt fassen zu können. Der Sperber unterbricht von Zeit zu Zeit das geschäftige Treiben. In rasantem Flug stürzt er von einem Eichenast sich ins Gebüsch mitten in die lärmende Schar hinein. Ehe die Zwitscherer die Gefahr erkannt haben, ist der Spuk auch schon vorbei. Genauso schnell wie er gekommen ist, hat er sich einen Spatz gegriffen und ist schon wieder verschwunden. Das Gezeter und Singen, das Zwitschern und Pfeifen ist bald wieder so laut wie zuvor.

Jetzt war es Frühling. Im Herbst würde Daiko an den Hecken wieder Fasanen und Rebhühnern vorstehen. Mit Sicherheit dürfte er auch das eine oder andere apportieren. Bevor sie an den Waldrand kamen, mußten sie noch ein Stückchen übers offene Feld. Förster Bachmann schickte seinen Hund zur Feldsuche. Wie ein Pfeil sauste er auf den Acker. Hundert Meter raus, wenden und zurück zum Förster. Das gleiche zur anderen Seite. Da ging Meister Lampe ab, hinterher! Aber nein, das bringt nur Ärger mit dem Förster. Wenn er es genau überlegte, hatte er noch nicht einen gesunden Hasen gefangen. Und es waren viele, denen er hinterhergerannt war. So waren sie in den Wald gekommen. Hier, das wußte Daiko, mußte er bei Fuß, ganz dicht bei seinem Herrn gehen. Beide pirschten nun durch den Wald. Blieb Förster Bachmann stehen, so hieß das für Daiko „Sitz!".

Plötzlich riß es Daiko herum, ein unbekannter Geruch, herb und lebendig, hatte ihn gebannt

Daiko prüfte jede Wittrung, die der Wind herantrug. Er wußte, daß der Förster ihn aus den Augenwinkeln beobachtete. Seine Nase war allen Sinnen seines Herrn überlegen.

Wenn Wild anwechselte, würde es Daiko als erster mitbekommen und anzeigen. Es wollte aber keine interessante Wittrung ankommen, so daß Daiko einfiel, die langen Haare an seinem linken Hinterlauf zu putzen. Er hatte schon auf halbem Weg gemerkt, daß sich ein paar Grannen in seinen Hosen festgesetzt hatten. Jetzt konnte man sie getrost rauszupfen. Ein kleines Kraulen hinter seinen Behängen zeigte ihm an, daß es weiter ging. Sie umschlugen die Wiese und auch die Dickung dahinter. Heute durfte er nicht da hinein zum Stöbern, was er liebend gerne getan hätte. Als es schließlich ganz Tag war, beschloß Förster Bachmann, daß es genug sei. Sie machten sich beide auf den Heimweg. Das Frühstück wartete. Plötzlich riß es Daiko förmlich herum, ein unbekannter Geruch, herb und lebendig, hatte ihn gebannt. Den Hals gestreckt, die Rute waagrecht nach hinten, so daß die langen Haare, seine Fahne, im Halbbogen nach unten hingen, den linken Vorderlauf angehoben, stand er vor. Nur das leise Beben der Nüstern verriet, daß er nicht aus Stein gemeißelt war. Der Förster war neben ihn getreten. Er ging vorsichtig ein paar Schritte in die Richtung, die Daikos Nase wies. Daiko rückte nach, immer die Nase im Wind, daß ja der Duft nicht abriß. Zwischen dem Farn und den jungen Gräsern schaute ein kaum pfotengroßes Etwas ängstlich heraus. Als sein Herr ihn in den Händen hatte, durfte Daiko den graubraunen Vogel bewinden. Schließlich, nach einigem Betrachten sagte der Förster: „Das ist ein Waldkauz, er muß hier irgendwo von einem Ast gefallen sein.“ Er suchte mit den Augen die umstehenden Bäume ab.

Der *Vorstehhund* verharrt schlagartig, sobald er Witterung des vor ihm liegenden Niederwildes in die Nase bekommt. Diese Fähigkeit ist den Vorstehhunden angewölft, d. h. es ist eine Erbanlage. Daher kann der Jäger nur begrenzt Einfluß nehmen. Häufige Gelegenheit und besonnenes Einwirken des Abrichters fördern natürlich diese Erbanlage. Sicheres Vorstehen darf nicht mit guter Nase, das ist die ebenfalls angewölfte Fähigkeit, feinste Witterung aus größerer Entfernung aufzunehmen, verwechselt werden. Das Vorstehen wurde aus der Versammlung des Hundes vor dem Beutesprung heraus entwickelt. Dieses Verhalten zeigen viele Beutegreifer. Beim Mäuseln des Fuchses ist dieses Verhalten zu beobachten. Der ganze Körper ist angespannt, die volle Konzentration auf die Maus gerichtet, höchstens die Lunte zuckt ein wenig hin und her. Urplötzlich entlädt sich diese Anspannung im Beutesprung auf die Maus, wie eine Bogensehne schnellt der Fuchs nach vorne. Nun haben unsere Vorfahren, die findigen Jäger unter ihnen, Hunde, die diese Anlage besonders ausgeprägt zeigten, bevorzugt zur Zucht eingesetzt. Daraus entwickelten sie dann Rassen, die besonders zur Hühner- und zur Beizjagd Verwendung fanden.

Ein Hund der beispielsweise Hühnern vorstand, wurde mitsamt diesen unter einem Netz gefangen. Daß es beim Jagdhund beim Vorstehen bleibt, daß er nicht einspringt, wie der Jäger es nennt und das Niederwild herauswirft, das ist nicht angeboren, das muß der Jäger seinem Hund beibringen. Ein richtiger Jagdhund will Beute machen, deshalb ist es manchmal gar nicht so leicht, so einen wilden jungen Burschen davon zu überzeugen, daß er mit dem Herausstoßen solange warten muß, bis sein Herr das Zeichen dazu gibt. Davonlaufendem Federwild zieht der firme Hund nach, d. h. er folgt dem Wild vorsichtig, das Vorstehen nicht ganz aufgebend. Unerwünscht ist das Nachprellen, um Wild zu fangen. Das muß durch konsequentes Abrichten unterbunden werden.

Apport! Das war hier das Kommando, und weil der brave Hund den schweren Fuchs sichtlich angestrengt bringt, ist Lob fällig. Es gibt in jeder Rasse Individuen, die aus lauter Lust und Freude alles heranbringen, was sie tragen können. Vom Holzstöckchen bis zum Picknickkorb. Mir ist sogar schon passiert, daß einer nach getaner Schweißarbeit ein starkes Stück Rehwild herangeschleppt hat, obwohl er am Stück etwas ganz anderes tun sollte. Und das auf einer Prüfung. Aber das ist eine andere Geschichte. Damit ein Jagdhund ein zuverlässiger Apporteur wird, bedarf es einer gründlichen Abrichtung. Er muß den Fuchs finden und bringen. Er darf im Wasser nicht nachlassen, bis er die kranke Ente gefunden hat, und soll nicht etwa ein Holzstückchen greifen, weil sein Chef sich ja bisher über alles gefreut hat, was er angeschleppt hat. Während der Abrichtung geht es nicht immer freundlich zu, aber Lob und Pausen zur richtigen Zeit sind genauso wichtig. Es ist Einfühlungsvermögen in den betreffenden Hund notwendig, und Fingerspitzengefühl ist kein Fehler. Man beginnt beim Abrichten nicht gleich mit dem Tragen eines Fuchses. Erstmal muß der junge Hund in mehreren Schritten lernen, überhaupt etwas auf Befehl aufzunehmen und heranzutragen. Wenn er das kann, geht man von der Attrappe zu kaltem Wild über, steigert allmählich das Gewicht und die Entfernung, und am Ende der Ausbildung bringt er dann wirklich alles, was er bringen muß. Jeder gesunde, aus jagdlicher Leistungszucht stammende Hund kann das lernen. Wenn nur der Ausbilder Liebe zum Tier mitbringt, Geduld hat und Lob und Tadel richtig einsetzt. Es wäre allerdings eine Unterforderung dieser vielseitigen Jagdgebrauchshunde, würde man sie nur zum Apportieren einsetzen.

Zu Hause

Förster Bachmann hatte die oberen Knöpfe seines Lodenmantels aufgemacht und eine Hand mit dem Käuzchen behutsam eingeschoben. Der kleine Kerl konnte noch nicht lange da gehockt haben, sonst wäre er trotz der Frühlingstemperaturen erfroren. Daiko trabte ein paar Meter voraus und hatte so seine eigenen Gedanken. Eigentlich war der Kauz zu klein, um Beute abzugeben, andererseits bekam er keine Schimpfe fürs Vorstehen, im Gegenteil, seinen Herrn schien das Erlebnis zu freuen. Immerhin war ihm dieser Geruch zum ersten Mal in die Nase gekommen, und deshalb war er so fasziniert davon gewesen. So angestrengt er auch nachdachte, sollte er sich nun freuen und zufrieden sein mit diesem Jagdtag, oder mußte er sich schämen? Er schloß seine Überlegungen damit, daß alles schon seine Ordnung hätte, und dachte an seinen Freßnapf im Zwinger.

Mittlerweile waren sie zu Hause angekommen, und da tat sich Wundersames. Anstatt daß, wie sonst üblich, die Kinder Anja oder Tobi ihm entgegensprangen und er sie erstmal abschlecken durfte und Frau Bachmann ihn am Hals tätschelte, kümmerten sich alle um den kauzigen Findling. Daiko wurde auch nicht in den Zwinger gebracht, was zwar nicht so schlimm war, aber sein Freßnapf blieb leer, und das war schon schlimm.

Er setzte sich mitten auf den Hof, streckte den Hals vor, legte den Kopf ein wenig schief und kratzte sich mit einem Hinterlauf ausgiebig hinter den Behängen. Seine Verlegenheit wandelte sich langsam in Ärger, in ziemlichen Ärger sogar, je länger er so dasaß. Plötzlich sauste er los, sprang einen Haken und noch einen, knurrte und bellte dabei, daß es ein richtiges Spektakel war. Von dem roten Kater, der gelegentlich mal nach Förster Bachmanns Tauben sah, war zwar weit und breit nichts zu sehen, aber die drinnen sollten wenigstens denken, daß der Freibeuter hier sei. Nach zwei, drei Runden hielt Daiko inne, sah angespannt zum Taubenschlag hoch und hatte die Schlappohren ganz auf den Hauseingang eingestellt. Niemand kam, er hörte nicht das so schöne „Hast du aber fein aufgepaßt". Das gelbe Fahrrad mit der blauen Mütze – durchzuckte es ihn. Drei Sätze und er war am Tor. Ein Wutausbruch wie schon lange nicht mehr. Herr Linde, der nette Briefträger, wäre schlotternd am Eingang festgefroren, sicher, daß ihn, tat er auch nur noch einen Schritt, eine Bestie anfallen würde. So sehr er sich auch anstrengte, er hörte kein „Pfui Daiko, ab in die Hütte", worüber er sich doch so gefreut hätte. Nichts tat sich. Familie Bachmann war im Haus verschwunden. Schließlich fiel ihm der Hühnertrog ein, und er tat etwas, was er sonst nicht tat, jedenfalls nicht oft. Er sprang auf den Hackklotz, von diesem über den Zaun in den Hühnerauslauf, knurrte ein „Schert euch beiseite" und fiel über den Trog her. Nicht einmal Jaköble, der freche Hahn, wagte Daiko zu stören, zu grimmig sah er aus. Sattgefressen, es gab einen würdelosen Brei aus Kartoffeln, Körnern und Gemüse, trottete Daiko in seinen Zwinger, ohne noch einen Blick auf das Haus zu werfen, kroch in seine Hütte und schob sich in das frische, trockene Stroh ein. Ein oder zwei Mal mußte er noch sein Lager zurechtschieben, dann mümmelte er seinen Fang unter die Rute und schlummerte ein. Er träumte, daß alle Katzen der Umgebung, alle Briefträger weit und breit, hier zu ihm auf den Forsthof müßten. Und die, die lebend wieder rauskamen, sahen fürchterlich gerupft aus. Es waren auch ein oder zwei Waldkäuze dabei.

„Präsent! ... die Ohren hochangesetzt, lang, makellos. Und makellos war alles an dem ganzen Hunde von der Klaue bis zur feinen Witternase; die kräftige, geschmeidige Gestalt, das über jedes Lob erhabene Piedestal. Vier lebende Säulen, die auch den Körper eines Hirsches getragen hätten und nicht viel dicker waren als die Läufe eines Hasen." So läßt Marie von Ebner-Eschenbach ihren Jäger Hopp über seinen Krambambuli in der gleichnamigen Erzählung schwärmen. Die jagdliche Leistungszucht, durchweg in Jägershand, ist heutzutage so gefestigt, daß in der Regel alle Hunde jeder Rasse die geforderten Eigenschaften mitbringen. So wie sie sich bei dem abgebildeten *Deutsch-Langhaar* zeigen; Gesundheit, Kraft, Leistungswille, Intelligenz und die Bereitschaft, mit seinem Herrn durch dick und dünn zu gehen. Bei sachgerechter Führung entwickeln sie einen erstaunlichen Jagdverstand, der keinen Zweifel an ihrer Intelligenz zuläßt. Durch die ihnen eigene Wesensfestigkeit werden sie bei richtiger Prägung auch liebevolle Kameraden für Kinder und verteidigen, wenn es darauf ankommt, ihre Meute, die Familie, mit vollem Einsatz. Allerdings, Jagdhunde gehören in die Hand des Jägers. Nur dort können sie sich voll entfalten.

Über „Sinn und Zweck" eines Kauzes

Am späten Nachmittag wurde Daiko durch geschäftigen Betrieb auf dem Hof aus der Hütte gelockt. Ausgiebig dehnte und streckte er sich, gähnte einmal und schüttelte sich kräftig durch, dann gähnte er noch einmal. Jetzt war er wach, setzte sich auf seinen Lieblingsplatz, den Lattenrost vor seiner Hütte, und sah auf den Hof. Eben kam der Förster aus dem Stall und hatte auf der Schubkarre den großen Käfig, eigentlich war es schon eine kleine Voliere, in der vor ein paar Jahren ein schwarzer Vogel gehalten wurde. Der Rabe war nicht lange zu Gast, und Daiko war damals sehr mit sich und seiner Ausbildung beschäftigt. Der Vogel war krank, als er aufgenommen wurde, und nicht sehr gesprächig gewesen, so daß Daikos Erinnerungen an ihn nur sehr dunkel waren. Eben wie der Rabe selbst. Was wollte Förster Bachmann mit der Voliere? Gespannt beobachtete er, wie die Voliere auf das Vordach des Stalls gehievt wurde. Das geschah sehr umständlich und kostete den Förster viel Kraft. Jetzt juckte ihn der Pelz hinter dem rechten Behang. Er streckte seinen Hals, schob wieder den Kopf schräg nach vorn und wollte gerade beginnen, mit dem rechten Hinterlauf loszukratzen, als die Haustür aufging und Anja und Tobi herauskamen. Er setzte sich gerade hin und sah interessiert zu den beiden hin. Anja hielt eine kleine Kiste in den Händen, und beide Kinder bewegten sich sehr vorsichtig, genauso wie Frau Bachmann, wenn sie mit den Eiern aus dem Hühnerstall kam. Warum bringen sie mir Eier in einer Kiste, wunderte sich Daiko. Er war noch mehr erstaunt, als die beiden mit den Eiern nicht zu ihm kamen, sondern geradewegs in den Stall gingen, in dem der Förster wieder verschwunden war. Da haben die Hühner aber kleine Eier gelegt. Die kriegen sie jetzt wieder zurück und das mit einem Donnerwetter, will ich meinen. Der Gedanke gefiel ihm, und so setzte er sein Werk, das Jucken hinterm Behang zu beseitigen, fort. Dann gähnte er nochmal ausgiebig, machte sich lang und wartete auf das „Donnerwetter" und im Anschluß daran das beschämte Gegacker der Hühner. Es geschah allerdings etwas ganz anderes. Der Förster kam mit einem Vogelhäuschen aus dem Stall, stieg auf die kleine Leiter und stellte das Häuschen in die Voliere. Als er wieder herunterstieg, kam auch Frau Bachmann aus dem Haus. Nun äugten alle vier nach oben. Der kleine Tobi, er ging noch nicht zur Schule wie seine große Schwester Anja, rief mit seinem Kinderstimmchen: „Huhuh, komm doch raus!" Langsam dämmerte es Daiko. Er erinnerte sich, daß sie ja heute morgen einen kleinen Waldkauz erbeutet hatten. Anjas lautes Jauchzen und Tobis aufgeregtes Herumspringen bestätigten seine düstere Vermutung.

Eulen sind Nestbezieher. Sie legen ihre Eier sozusagen ins gemachte Nest. Unser Waldkauz brütet in einer Höhle, die vielleicht ein Specht oder ein anderes Tier hinterlassen hat. Als sogenannter Kulturfolger bezieht er auch Höhlen in der Nähe menschlicher Siedlungen. Man trifft ihn in Parkanlagen, auf Friedhöfen und alten Streuobstwiesen, überall da, wo alte Bäume mit Höhlen und auch genügend Mäuse vorhanden sind.

Der Kauz hatte sich eben an der Öffnung des Vogelkistchens gezeigt, war aber wegen der hellen Aufregung unter ihm lieber schnell wieder zurück ins Dunkle geflüchtet. Sie hatten ihn also nicht als Braten auf dem Tisch gehabt, statt dessen gaben sie ihm auch noch eine schöne Wohnung in halber Höhe des Stalls, mitten auf dem Hof. Soll er von seinem Ausguck vielleicht auf den Hof aufpassen, der Winzling? Oder will man ihn mästen? Man konnte dem Hund ansehen, wie angestrengt er diese Fragen wälzte.

Auf den Vorderläufen aufgerichtet, den Kopf etwas schief gehalten, blinzelte er auf das Schauspiel, das sich ihm bot. Da keiner eine Erklärung gab, tippte er auf Mästen. Aber warum kam der Kauz dann nicht in eine dunkle Ecke, die würde es doch auch tun? Sollte er doch Aufpasser sein? Wen sollte der denn abschrecken? Außer einem heißeren Krächzen war bisher noch nichts von ihm zu hören gewesen. Die Ungewißheit war schrecklich. Daiko schlug kräftig an. Der Förster drehte sich zu ihm um, sagte etwas Beruhigendes und ging zur Futterkammer. Die beiden Kinder wurden von Frau Bachmann liebevoll ins Haus geschoben, da der Kauz auch auf Tobis wiederholtes „Huhuh, Huhuh“ nicht mehr aus dem Kistchen kommen wollte. „Huhuh braucht nach der vielen Aufregung seine Ruhe“, erklärte sie, „morgen vielleicht, morgen läßt er sich bestimmt locken. „Förster Bachmann hatte Daikos Futternapf gefüllt und wurde von diesem mit aufgeregtem Bellen erwartet. „Du hast sicher Hunger, mein Guter.“ „Ach was, Hunger“, unterbrach er seinen Herrn, „ich hab mich bei den Hühnern schon vollgefressen.“ Erst einmal in Rage, vergaß er seine gute Erziehung: „Ich hab keinen Hunger, ich will wissen, was der kleine Scheißer da oben soll.“ Jagdhunde sind rauhbeinige Kerle und – mit Ausnahme einiger sehr vornehmer Hundedamen unter ihnen – führen des öfteren solch eine Sprache. Manchmal, wenn sie ganz unter sich sind, sogar noch eine wüstere. Sein Herr verstand die Hundesprache nicht, zumindest nicht wörtlich. Das war auch von Vorteil. Denn es hatte niemand bemerkt, daß der Hühnertrog auffällig früh leergefressen war. Aber Förster Bachmann merkte an dem Knurren und Bellen, daß Daiko zornig war. Streng schickte er ihn in seine Hütte, verriegelte den Zwinger und ließ den Hund ohne Erklärung zurück. Es dauerte an diesem Abend sehr lange, bis Daiko die richtige Schlafstellung gefunden hatte. Auch das störrische Stroh wollte und wollte sich nicht in die rechte Lage schieben lassen, so daß er noch mehrmals knurren und lauthals schimpfen mußte. Diese Nacht träumte er nur von ein, zwei Briefträgern, einigen wenigen Katzen, aber von vielen, vielen Waldkäuzen.

Es kommt noch schlimmer

Daiko wachte auf und hatte schlechte Laune. Mehrmals in der Nacht war er hochgeschreckt, er hatte schlecht geträumt oder das Stroh hatte gepiekt. Außerdem hatte der Kauz die halbe Nacht gekrächzt und war in seiner Voliere herumgeflattert. Als er aus der Hütte kam, sah Daiko als erstes zu ihm hoch, aber der Vogel schlief scheinbar noch. Kein Wunder, wenn man nachts Spektakel macht.

Frau Bachmanns „Na, mein Guter“ versöhnte ihn ein wenig. Sie kam jeden Morgen und öffnete seinen Zwinger, damit er eine Weile auf dem Hof herumstrolchen konnte. Während der Amtsstunden im Forsthaus mußte er allerdings wieder hinein. Er verabschiedete, wie jeden Morgen, Anja, die zum Schulbus ging, und freute sich schon jetzt auf ihr Wiederkommen, weil es dann meistens das übriggebliebene Pausenbrot gab. Sie hatten ein stillschweigendes Abkommen miteinander. Daiko fraß Anjas Pausenbrot, schnell, unauffällig und aus der hinter dem Rücken gehaltenen Hand, und Anja bekam dafür keinen Ärger mit ihrer Mama. Was für ein Handel! Er freute sich schon jetzt darauf, wenn Tobi endlich in die Schule gehen würde.

Der Vormittag verlief wie alle Vormittage. Wenn Fremde oder etwas schüchterne Menschen ins Forsthaus kamen, dann spielte Daiko den Gefährlichen. Er begleitete die Besucher, die an seinem Zwinger vorbei mußten, an der Längsseite, schaute grimmig drein, und wenn es ihm einfiel, knurrte er auch. Anschließend legte er sich auf seinen Lattenrost und freute sich diebisch, wenn die solcherart Empfangenen sich ängstlich umblickten, bevor sie ins Haus gingen. Es gab auch welche, die keine Angst hatten, sich aber auch nicht weiter für ihn interessierten. Herr Hubschmitt, der Haumeister, war so einer. Daiko blieb dann unbeteiligt liegen und nagte seinen alten Knochen weiter, falls er einen hatte. Wenn Fritz, der junge Forstwirt, kam, freute sich Daiko. Dann gab es freundliche Worte und ein paar Streicheleinheiten, die Daiko sichtlich genoß. Zwischendurch, das heißt die meiste Zeit, döste er vor sich hin. Er hatte mal gehört, daß Hunde viel Schlaf brauchen. Daran hielt er sich.

Am Mittag kam Anja aus der Schule. Heute hatte sie noch ein paar Kinder mitgebracht. Daiko gefiel das. Besonders ein Mädchen, so eine kleine Braunhaarige, Andrea, hatte es ihm angetan. Sie verstand sich aufs Streicheln und Daiko liebte es, sich vor ihr auf den Rücken zu wälzen und am Bauch gekrault zu werden. Rutewedelnd stellte er sich an seine Zwingertür. Aber die Kinder liefen vorbei. Sogar Andrea hatte nur einen kurzen Blick und ein „Hallo" für ihn. Sie blieben vor der Kauzvoliere stehen.

Fassungslos setzte Daiko sich auf sein Hinterteil und sah ihnen nach. Frau Bachmann kam mit Tobi an der Hand zu ihnen. Tobi rief ein paar mal „Huhuh, komm raus", und tatsächlich, der Kauz zeigte sich. Aus dem aufgeregten Durcheinander der Kinder hörte Daiko heraus, daß es sich bei dem Kauz um einen Uhu handele. Einen Uhu hatte er mal gesehen, ausgestopft zwar, aber eine imposante Erscheinung. So etwas soll mal aus dem werden? fragte er sich und stellte bei näherem Hinsehen fest, daß eine Ähnlichkeit mit dem ausgestopften Riesen bei Förster Dammenhayn im Amtszimmer durchaus vorhanden war. Förster Bachmann, von der Veranstaltung sichtlich amüsiert, sagte: „Aber nein, Kinder, das ist kein Uhu. Das ist ein Waldkauz. Er ist zwar verwandt mit dem Uhu, aber doch eine andere Eule. Der Uhu ist sechsmal so schwer und viel größer als ein Waldkauz. So ein Waldkauz wiegt ausgewachsen nur ein Pfund und ist ungefähr 20 Zentimeter groß."

Daiko nickte, aha, er wird also nicht mehr viel größer, der Winzling. Vor so etwas braucht man als Hund keinen Respekt zu haben. Und er vergaß sofort, daß er eben noch ein wenig eingeschüchtert war. „Na ja, so eine Eule ist schön und gut, aber Daiko gefällt mir viel besser." Es war seine Freundin Andrea, die mit diesem netten Wort zu ihm gekommen war und ihn nun kraulte. So ein junger Mensch, und schon so schlau, dachte Daiko, und nachdem Förster Bachmann ihn aus dem Zwinger gelassen hatte, legte er sich dem Mädchen zu Füßen und ließ sich ausgiebig den Bauch krabbeln. Hach, war das schön! Die anderen Kinder kümmerten sich nun auch nicht mehr um den Kauz, der wieder in sein Häuschen verschwunden war und weiterschlief. Frau Bachmann brachte Milch und Kakao für die Kinder, und auch Daiko bekam ausnahmsweise mal Milch. Die Welt war wieder in Ordnung. Der Förster hatte den Kauz, „Huhu", wieder auf Normalmaß zurückgestutzt, und Daiko war der strahlende Mittelpunkt. In Gesellschaft der Kinder verging der Nachmittag wie im Fluge. Und am Abend, das hatte er gehört, wollte Förster Bachmann mit ihm die Wald-Feld-Kante abfährten, Herr Hubschmitt hatte Sauen im Revier gemeldet. Daikos Laune war ausgesprochen gut.

Die *Waldohreule* ist äußerlich ein kleiner Uhu. Sie wiegt ca. 300 g und hat eine Flügellänge um 30 cm. Auffällig sind die Federohren. Ihr Gefieder ist oberseits rostgelb bis rostbraun mit dunklen Längsflecken und asymmetrischer Querbänderung, unterseits rostgelb und braun längs- und quergestreift. Sie hat orangegelbe Augen. Die Waldohreule lebt und jagt vorwiegend an Waldrändern. Ihre Hauptnahrung sind Mäuse und andere Kleinsäuger, nebenbei schlägt sie noch Kleinvögel. Als Nistplatz bezieht sie verlassene Greifenhorste, Krähen- und Taubennester. Sie nimmt künstliche Nisthilfen aus flachem Korbgeflecht mit ca. 50–60 cm Durchmesser häufig an. Bevor das Korbgeflecht mit Zweigen ausgepolstert wird, muß man es

Waldohreule

an einem starken Ast gut befestigen, damit es vom Wind nicht heruntergerissen wird. Waldohreulen jagen bei Winterfrost gern auch an von den Jägern angelegten Federwildschüttungen, wo sie nach Nahrung suchende Mäuse schlagen. Waldohreulen balzen im Februar, legen im März 4–6 Eier und bebrüten diese 28 Tage. Nach 21 Tagen verlassen die Jungvögel das Nest, und nach 35 Tagen werden sie flügge. Der Ruf der Waldohreule ist ein weiches „Hu-u-u-u-u“.

Der *Rauhfußkauz* ähnelt dem Steinkauz. Er ist etwas größer als dieser mit einer Flügellänge von ca. 17 cm. Sein Gefieder ist oberseits braun mit weißen Flecken, unterseits etwas heller und hellbraun längsgestreift. Seine goldgelben Augen sind dunkel eingefaßt. Er hat im Gegensatz zum Steinkauz einen breiteren Kopf, sein Gesicht ist heller, und sein Schleier ist schärfer vom übrigen Kopfgefieder abgegrenzt. Der bei uns seltene Rauhfußkauz brütet vorzugsweise in Spechthöhlen im Wald. Er ist ausgesprochen nachtaktiv und jagt vorwiegend Kleinsäuger aber auch Kleinvögel. Die Balz ist im Februar, worauf im März ca. 5 Eier gelegt werden. Die Brutdauer beträgt 26 Tage, nach weiteren 33 Tagen fliegen die Nestlinge aus. Sein hoher Ruf ist „Pu-pu-pu“.

Raufußkauz

Uhu

Der *Uhu*, in der Jägersprache auch „Auf“ genannt, ist unsere größte und wohl auch bekannteste Eule. Sein markantestes Merkmal sind die bis zu 9 cm großen Federohren. Die Oberseite seines Gefieders ist rostbraun mit dunkelbraunen Flecken, unterseits ist es längsgestreift braun bis rötlichgrau-schwarzgeflammt. Seine Augen sind orangerot. Als Kulturflüchter bevorzugt er Gebirge und große Waldungen. In seinem bis 8000 ha großen Revier jagt er alles, was er schlagen kann, von Mäusen über Enten und Kaninchen bis zum Hasen. Seinen Horst hat er in Felsennischen, hohlen Bäumen und Höhlen. Im März/April legt das Weib 2–4 Eier, die 35 Tage bebrütet werden. Nach ca. 4 Wochen verlassen die Jungvögel das Nest, und nach weiteren 5 Wochen sind sie dann flügge. Sein Ruf ist ein schauriges „U-hu".

Bartkauz

Der *Bartkauz* ist eine Eule mit großem, rundem Kopf und ausgeprägtem Gesichtsschleier. Er wiegt ca. 1000 g und erreicht somit fast die Größe eines Uhus. Seine Gefiedergrundfarbe ist weißlich-grau, ober- und unterseits dunkelbraun längsgefleckt mit feinen dunkeln Sprenkeln an der Oberseite. Der Schnabel ist gelb und die Iris der Augen leuchtend gelb. Er besiedelt die Nadelwälder der Taiga und der Gebirge. Seine Nahrung besteht aus Wühlmäusen und Lemmingen, auch Hasen und Eichhörnchen. Sein Nest legt er in Greifvogelhorsten, Baumstümpfen oder Bodenmulden an. Das Weib legt im April/Mai 3–6 Eier, die 28–30 Tage bebrütet werden. Die Eianzahl ist von der Wühlmauspopulation stark abhängig.

Steinkauz

Der *Steinkauz* ist eine der kleinsten Eulen. Er wiegt ca. 200 g und und hat eine Flügellänge von etwa 16 cm. Sein Gefieder ist oberseits mausgraubraun bis dunkelbraun mit unregelmäßigen weißen Flecken, unterseits weiß mit brauner Längsstreifung. Sein Gesicht ist grauweiß mit schwefelgelben Augen und grünlich-gelbem Schnabel. Er besiedelt die offene Landschaft mit Baumbestand, aber nicht den Wald. Seine Nahrung besteht hauptsächlich aus Mäusen, Insekten, Vögeln und Fröschen. Er nistet überwiegend in Baumhöhlen und alten Gemäuern, nimmt aber auch eigens für ihn gebaute Nistkästen an. Die leicht anzufertigende hölzerne Nistkastenröhre ist ca. 1 m lang, der Durchmesser beträgt ca. 20 cm, die Einflugöffnung hat ca. 7 cm Durchmesser. Gedreht, 10 cm tiefer im Innern, wird nochmal die gleiche Scheibe angebracht. Man läßt über dem Einflugloch einen dachartigen Überstand von ca. 10 cm. Die Röhre wird mit Stroh oder ähnlichem Material umwickelt und in ca. 3–4 m Höhe an einen Ast gebunden. Steinkäuze balzen im März, legen im April 3–7

kugelrunde weiße Eier und bebrüten diese 28 Tage. Die geschlüpften Jungen, Nestlinge, bleiben 30 Tage im Nest und weitere 35 Tage werden sie noch von den Altvögeln versorgt. Im Gegensatz zu manch anderer Eule sieht und hört man ihn schon tagsüber. Sein durchdringendes Rufen „Kiff-Kiff" und „Ku-witt" wurde in früheren Zeiten von abergläubischen Menschen als Todesbotschaft „Komm mit!" interpretiert. Der Steinkauz galt lange Zeit als Todesverkünder und Rufer aus der Unterwelt, weshalb er stark verfolgt wurde.

Schleiereule

Die *Schleiereule* trägt ihren Namen zu Recht wegen des auffälligen Schleiers um die schwarzen Augen. Sie wiegt ca. 300 g und hat eine Flügellänge um 28 cm. Ihr Gefieder ist oberseits aschgrau bis hellbraun mit weißen Flecken, unterseits weiß oder rostgelb, im Nacken und seitlich am Hinterkopf rotgelb, schwarz und weiß längsgestreift. Sie jagt in der freien Landschaft und am Siedlungsrand. Ihre Nistplätze sucht sie im Gebälk von Kirchtürmen und Scheunen und nimmt auch Ruinen und alte Gemäuer an. Mäuse und andere Kleinsäuger, wie Maulwurf und Ratte, machen über 90 % ihrer Nahrung aus, in der Not frißt sie auch Aas. Man kann der Schleiereule über den Winter helfen, indem man an Feld- und Hausscheunen Einfluglöcher läßt, damit sie im Innern nach ihrer Hauptbeute, den Mäusen, jagen kann. Nistkästen im Innern solcher Gebäude werden von ihr angenommen. Solch ein Nistkasten läßt sich aus Holz anfertigen. Die Grundfläche beträgt ca. 100 × 50 cm, die Höhe 50 cm. Das Einflugloch im oberen Drittel, am Rande einer Längsseite, ist 12 cm breit und 20 cm hoch. Als Nistmaterial gibt man eine 5 cm dicke Strohhäcksel- oder Hobelspäneschicht hinein. Schleiereulen balzen im März, legen im April/Mai, manchmal auch erst im Juni 4–7 Eier und bebrüten diese 30 Tage. Die Eianzahl ist stark vom Mäusevorkommen abhängig. Die Jungvögel werden erst mit 60 Tagen flügge. Bevor sie selbständig sind, werden sie noch 30 Tage gefüttert. Schon die jungen Vögel wiegen sich auf den typischen X-Beinen und schnarchen dabei wie die Alten. Das Schnarchen, eine typische Lebensäußerung der Schleiereule, und ein gaukelnder Flug, der im Dämmerlicht geisterhaft wirkt, kennzeichnen diese Eule.

Sauen im Revier hatte der Haumeister gemeldet. Im Wald sind Sauen kein Problem. Wer aber mal gesehen hat, was so eine Rotte Sauen in ein paar Nachtstunden mit einem Kartoffel- oder Maisacker anstellt, der wird, wenn er Jäger ist, alles daransetzen, daß sie dort nicht hinkommen. Sauen sind unglaublich hart und legen, von der Kugel tödlich getroffen, oft noch eine

beträchtliche Strecke zurück. So ein verendetes Stück im dichten Wald zu finden, ist dann Aufgabe eines Jagdhundes. Er nimmt am Anschuß die Fährte auf und führt seinen Herrn am langen Schweißriemen zum Stück. Für diese Arbeit gibt es bei uns zwei alte, speziell gezüchtete Rassen. Aber auch Jagdhunde anderer Rassen können bei guter Veranlagung und ebensolcher Abrichtung Beachtliches leisten. Bis es soweit ist, daß ein Jagdhund sicher auf der Wundfährte arbeitet, ist ein dornenreicher Weg zu gehen.

Die Ausbildung beginnt beim ganz jungen Hund, der Futterschleppen arbeitet. Meist erkennt der Jäger in dieser Zeit, ob der Hund die nötigen Anlagen mitbringt. Er muß eine gute Nase haben und den Willen zeigen, die Schleppspur vorwärts zu bringen. Nervöse, leicht aus der Ruhe zu bringende Hunde, die sich nicht konzentrieren können, scheiden für diese schwierige Aufgabe aus. Dies gilt im gleichen Maß für den Jäger. Allmählich werden die Stehzeiten der Fährten und die Entfernungen länger. Der Junghund wird an die lange Leine, den Schweißriemen, gewöhnt. Er dient nachher bei der echten Arbeit mehr der Verständigung zwischen Hund und Führer, denn als Leine, um den Hund zu halten. Wenn der Hund schließlich eine künstliche, mit Wildschweiß oder Haustierblut hergestellte Fährte über mehrere 100 Meter und mit Stehzeiten von 12 und mehr Stunden sicher arbeitet, dann darf er einfache echte Wundfährten arbeiten. Für schwierige Wundfährten wird ein erfahrener Hund eingesetzt. So lernen Hund und Jäger sich aufeinander einzustellen, sammeln Erfahrung und geben nach einigen Jahren ein gutes Nachsuchengespann ab.

Ein gemeinsamer Feind

Die folgenden Tage und Wochen vergingen, ohne daß etwas Besonderes vorgefallen wäre. Auch der Kauz verlor die allgemeine Aufmerksamkeit. Er wurde gefüttert, flatterte manchmal herum, krächzte gelegentlich, und ansonsten schien er tagsüber zu schlafen. Nachts allerdings, wenn alle anderen schliefen, da wurde er munter. Anfangs zum Leidwesen von Daiko, aber nach einer Weile hatte er sich auch daran gewöhnt. Kurz, der Kauz war von geringem Interesse, wenigstens für Daiko. In letzter Zeit durfte Huhuh am Tage aus seiner Voliere ausfliegen. Er strich dann ungeschickt über den Hof, mußte seine Landeversuche an den Mauersimsen oft mehrmals wiederholen und war auch schon ein paarmal fast abgestürzt. „Das lernt der nie", war sich Daiko sicher. Aber ihm war nicht ohne ein wenig Bewunderung aufgefallen, daß der Kauz nahezu lautlos flog. Er, dem kein Geräusch entging, davon war er ebenso überzeugt, war schon einige Male überrascht, daß der Kauz offensichtlich an einen anderen Platz geflogen war, ohne daß er etwas davon vernommen hätte. Die Bewunderung hielt sich aber in Grenzen. „Irgendein Kunststück kann jeder", war Daikos Meinung. Allerdings, und das war ihm beim Beobachten des Vogels auch aufgefallen, konnte Huhuh unheimlich weit den Kopf drehen. Selbst wenn er sich sehr anstrengte und es ihn im Nacken juckte, schaffte Daiko es höchstens mit seinem Fang bis auf den Rist. Der Kauz schien eine Schraube als Hals zu haben. Jedenfalls konnte er den Kopf fast einmal um die Körperachse drehen. Na ja, aber viel mehr konnte der Kleine auch nicht. Es geschah an einem späten Sommernachmittag, die Sonne schien auf den verlassenen Forsthof, Anja war drinnen bei ihren Schularbeiten, Tobi störte sie wahrscheinlich dabei, Frau Bachmann erledigte den Haushalt, und der Förster war im Wald.

Daiko lag ausgestreckt vor dem Stall, Huhuh saß im Schatten auf dem Mauersims. Nicht einmal die Hühner gackerten. Alle Tiere dösten vor sich hin. Daiko war ein pflichtbewußter Hund. Und selbst wenn man meinte, er schlief, so war er doch ziemlich aufmerksam. Er lag noch unbeweglich da, nur beide Augen waren offen, die Nüstern suchten unmerklich die Umgebung ab, und seine Behänge hatte er argwöhnisch angehoben. Jedes Geräusch wurde jetzt genauestens geprüft. Etwas hatte die Idylle gestört. Gerade eben war seinen halbschlafenden Sinnen etwas aufgefallen. Der unkundige Beobachter hätte keine Veränderung wahrgenommen. Aber er war jetzt hellwach. Und richtig, oben zog geschmeidig und lautlos ein Schatten dahin. Er läuft auf dem Dach. Nur nicht zu früh bewegen, nicht verraten, daß der Kater entdeckt war. Daikos Muskeln waren gespannt. Jetzt gleich wird er in den Hühnerauslauf gleiten. Das war Daikos Chance. Wenn der Kater ein Küken griff, würde er ihn überfallen, und dann Gnade Gott.

Auf einmal bewegte sich der Schatten nicht mehr. Was hat die Katze vor, warum geht sie nicht weiter? Fieberhaft suchte der lauernde Hund das weitere Vorgehen der Katze zu ergründen. Wollte sie erstmal abwarten und den Hofwächter beobachten? Daikos Geduld wurde auf eine harte Probe gestellt. Der Kater änderte die Richtung. Nicht die Hühner, nein, er hatte das schlafende Käuzchen im Visier. Daiko begriff sofort. In diesem Fall war direktes Eingreifen nicht möglich. Er konnte nicht auf das Dach springen. Daiko drehte den Kopf ein wenig, um das Ganze besser beobachten zu können. Den Kater, er war jetzt auf Sprungentfernung an das Käuzchen gekommen, hatte die Jagdleidenschaft so sehr gepackt, daß er nicht mehr mitbekam, wie Daiko sich langsam aufrichtete. Seinen Schwanz hatte er nach hinten ausgerichtet und zwar so, daß die Spitze nach unten zeigte. Den Kauz fixiert, die Beine leicht eingeknickt, alle Muskeln gespannt, das Hinterteil schlängelte sich gefährlich hin und her, stand das Ende des Käuzchens unmittelbar bevor. Im selben Augenblick, da der Kater zum Sprung ansetzte, stürmte Daiko wütend Laut gebend über den Hof, auf die Scheune zu, auf deren Dach der Räuber seine Beute anvisierte. Entsetzt jagte der Kater das Dach hinauf, und vor Schreck fiel Huhuh fast vom Sims. Das war nochmal gut gegangen. Obwohl der Kater schon verschwunden war, konnte Daiko sich gar nicht beruhigen. Erst als Frau Bachmann, die die letzte Zehntelsekunde des Dramas noch gesehen hatte, ihn zu sich rief und streichelte, erst dann legte sich sein Groll langsam wieder. Die Kinder waren herbeigekommen, und nachdem Frau Bachmann erzählt hatte, was sich abgespielt hatte, lief Anja ins Haus und brachte Daiko einen schönen Leckerbissen. Ein Stück Käse, das liebte er. Am Abend berichteten die Kinder dem Förster, was sich zugetragen hatte, und alle waren auf ihren Daiko sehr stolz.

Eulen jagen vorwiegend in der Dämmerung und in der Nacht. Ihre Sinne, das Gefieder und ihr Verhalten sind an diese Lebensweise angepaßt. Sie besitzen auch in der Dämmerung und bei Dunkelheit noch ein ausgezeichnetes Sehvermögen (völlige Dunkelheit natürlich ausgeschlossen). Auch das Leistungsvermögen des Gehöres ist sehr gut, da sie ein sehr großes Trommelfell sowie bewegliche Ohrklappen haben. Der Federschleier im Gesicht unterstützt noch das Aufnehmen von Geräuschen. Der fast lautlose Flug rührt von dem sagenhaft weichen Gefieder. Man vergleiche bei Gelegenheit mal die Feder einer Eule mit einer solchen von Hausgeflügel! Zusätzlich sind die äußersten Handschwingen gezahnt, um den Windwiderstand, und da-

mit den Geräuschpegel, herabzusetzen. Als überwiegend Ansitzjäger ist bei der Eule die 4. Zehe als Wendezehe ausgebildet. Sie umgreift dann nach hinten z. B. einen Ast. Auch der Pirschflug ist den Eulen als Jagdmethode zu eigen.

Beide Geschlechter sind meist von gleicher Größe und gleich gefärbt. Während das Weib brütet, wird es vom Männchen mit Beute versorgt. Eulen ernähren sich ausschließlich animalisch. Sie bilden eine Ordnung (Strigiformes) mit den beiden Familien Schleiereulen (Tytonidae) und Ohreulen und Käuze (Strigidae). Bei uns stehen sie unter Naturschutz.

Die erste Annäherung

Am nächsten Morgen schien der kleine Kauz schon darauf zu warten, daß Daiko aus seiner Hütte kam. Er war schon ein paarmal auf den Zwinger geflogen und hatte auch sonst ein bißchen gelärmt. Aber Daiko hatte einen sehr guten Schlaf, und da er mittlerweile daran gewöhnt war, daß Huhuh nachts sehr lebendig war, ließ er sich nicht aus der Hütte locken. Jetzt aber, der Tag war schon eine halbe Stunde alt, im Garten trillerten die ersten Vögel, jetzt kam er zum Vorschein. Das heißt, erstmal nur die Vorderläufe. Die steckte er aus der Luke, machte einen langen Hals, so daß gerade sein Nasenschwamm zu sehen war, schloß nochmal die Augen und streckte sich, so lang er nur konnte. Ein kleiner Hüpfer, und er war im Zwinger.

Huhuh wußte, daß die Zeremonie noch nicht zu Ende war, und richtig, der Hund schüttelte sich, daß seine Haare stiebten. Huhuh hatte ihn in letzter Zeit jeden Morgen beobachtet. Anfangs war er erstaunt darüber, wie dieser wilde Kerl sich morgens, man könnte fast sagen zärtlich pflegte. Hier wurde ein Strohhalm aus der Fahne gezogen, dort waren die Haare zu richten, eine Pfote mußte geleckt werden, alles sorgfältig zwar, aber ohne erkennbares System. Irgendwie mußte der Hund im Laufe von ein paar Tagen doch alle Stellen am Körper erreicht haben. Am Anfang war Huhuh der Meinung, daß so ein Hund ein ziemlich schmutziges Tier sei. Regelmäßig wurde er vom Förster oder von Anja gekämmt, und ebenso regelmäßig war er wieder völlig verdreckt. Aber Daiko tat auch einiges selber, wie Huhuh im Laufe der Zeit

Eulen können aufgrund des Standes der Augen, vorn im Kopf, nur geradeaus schauen. Um seitlich zu sehen, müssen sie den Kopf drehen. Das können die Eulen bis zu 270°. Der Waldkauz auf dem Bild schaut genau nach hinten, d. h. er hat den Kopf um 180° gedreht. (Zehenstellung beachten). Durch diese Augenstellung ist den Eulen beidäugiges d. h. räumliches Sehen möglich. Der ausgeprägte Federschleier um die Augen dient dazu, Geräusche besser aufzufangen.

feststellen mußte. Wenn die Sonne im seidig glänzenden Fell spielte, wenn er über den Hof lief, ganz Majestät, und die Muskeln bei jeder Bewegung seine Kraft verrieten, die Rute selbstsicher nach oben gebogen, dann, das erkannte Huhuh neidlos an, dann war Daiko eine imposante Erscheinung. Den müßte man zum Freund haben, hatte Huhuh schon des öfteren gedacht. Das mürrische Verhalten Daikos und sein großer Respekt hatten die zwei, drei schüchternen Versuche, mit dem Hund ins Gespräch zu kommen, bisher jedesmal im Ansatz erstickt. Heute nahm er seinen ganzen Mut zusammen und krächzte vom Zwingerpfosten ein „Guten Morgen" herunter. Daiko fuhr mit dem Kopf herum und starrte den Kauz erstaunt an. Dem fuhr es heiß und kalt durchs Gefieder, und je länger er so dasaß und Daiko ihn anstarrte, desto unangenehmer wurde seine Situation. Er hob den linken Ständer an, dann setzte er ihn wieder auf, hob den rechten an und wiederholte das Spiel noch einige Male. Kurz, er trat verlegen auf der Stelle und wäre am liebsten in seiner Voliere verschwunden. Irgendwie schaffte er es, den Kloß im Hals runterzuschlucken, und krächzte sehr verlegen ein zweites „Guten Morgen". Kurz bevor Daikos Fang wieder im dichten Fell verschwand, wahrscheinlich piesackte ihn an dieser Stelle ein Floh, glaubte Huhuh ein gebrummeltes „Morgen" gehört zu haben. „Hast du schlecht geschlafen?" fragte er Daiko. „Wie kommst du denn darauf?" „Du hast heute Nacht sehr oft deine Schlafstellung gewechselt und mehrmals leise geknurrt. „Sag bloß noch, du bist in meiner Hütte gewesen", sagte Daiko mißmutig. So lautlos wie der Kerl fliegen konnte, war dem ja alles zuzutrauen. „Nein, das würde ich nicht wagen, ich hab´s hier oben gehört." „So so, gehört also." Die Erkenntnis, daß der Kauz auch noch ausgezeichnet hörte, verstärkte seinen Argwohn. „Tagsüber läßt du dich von einem faulen Kater fressen, und nachts entgeht dir nichts. Du solltest vielleicht mal mehr nach dir sehen, anstatt andere im Schlaf auszuhorchen." Das saß. „Heijeijei, jetzt hab ich es verdorben", sagte Huhuh zu sich selber und überlegte verzweifelt, wie er diese Situation retten konnte. „Wie gut siehst du eigentlich?" setzte Daiko zum Glück das Gespräch fort. „Jetzt, am Tage? Sehr wenig." „Und nachts?" hakte Daiko nach. „Oh, nachts geht´s ganz gut." Das war untertrieben. Aber Huhuh wollte den Hund mit der Tatsache, daß er nachts gestochen scharf sah, nicht noch mehr gegen sich aufbringen. Daiko nahm den Seelenzustand der Eule nicht wahr, er dachte vielmehr angestrengt nach: „Du bist nachts wach, am Tag schläfst du; du hörst ausgezeichnet und kannst im Dunkeln ganz gut sehen; am Tag siehst du schlecht; dein Flug ist lautlos, und anstatt eines Halses mußt du eine Schraube haben. Offensichtlich bist du eine Nachteule." „Du bist ein schlauer Hund." Im selben Moment hätte sich Huhuh auf die Zunge beißen mögen. Unter gar keinen Umständen wollte er den Hund ärgern. Jedenfalls jetzt noch nicht. Doch Daiko war so sehr mit Nachdenken beschäftigt, daß er den leisen Spott in Huhuhs Antwort nicht merkte. „Was frißt du eigentlich?" wollte er wissen. „Das, was mir Förster Bachmann bringt", gab Huhuh verdutzt zur Antwort. „Sehr witzig. Und was ist das?" Die Frage kam bissig. „M-M-Mäuse." Daikos strenger

Blick und das Drängen in der Frage hatten ihn wieder verunsichert. „Ach so, Mäuse." Daiko streckte sich der Länge nach auf den Boden und schien mit der Antwort zufrieden. Er machte sich daran, das Fell an seinen Vorderläufen zu zupfen und beachtete den Kauz nicht weiter. Huhuh kam zu dem Schluß, daß ein Anfang gemacht sei. Er war doch ganz zufrieden mit dem Verlauf des Gesprächs. „Übrigens, ich wollte dir danken, daß du mir gestern das Leben gerettet hast." Daiko sah kurz auf und brummelte: „Schon gut".

Man faßt Vertrauen

Der Hochsommer war eine langweilige Zeit. Außer gelegentlichen Badeausflügen gab es für Daiko kaum Abwechslung. Das Baden allerdings war eine tolle Sache. Frau Bachmann nahm die Kinder und Daiko mit an den Weiher. Dort war zwar ohnehin schon was los, aber spätestens nach fünf Minuten drehte sich alles um Daiko. Wasser war sein Element. Er stürzte sich kopfüber ins kühle Naß, plantschte mit den Vorderläufen, prustete und kläffte. Frau Bachmann sagte dann zu Anja und Tobi, daß man erst mal abwarten müsse, bis der Hund sich ausgetobt hätte. Regelmäßig fanden sich ein paar Jugendliche, die an Daiko ihre Freude hatten. Er wurde in ihre Wasserballmannschaft aufgenommen und gewann Wettschwimmen. Zwischendurch hatte er aber immer ein Auge auf Frau Bachmann. Bevor Daiko völlig abdrehte, rief sie ihn raus. An Land suchte er die Nähe seiner Familie und schüttelte das Wasser aus seinem Fell. So geduscht gingen sie dann ins Wasser. Daiko wurde neben einem Handtuch abgelegt. Frau Bachmann wußte aber ganz sicher, daß er nachher, wenn sie aus dem Wasser kamen auf dem Handtuch liegen würde. Da Daiko so ungestüm war, konnte er nicht zusammen mit ihnen ins Wasser. Er schwamm alles über den Haufen. In seiner großen Freude würde er Tobi einfach versenkt haben. Und den anderen hätte er in seiner Zudringlichkeit kräftige Striemen über den Körper gezogen. Er bekam also die Aufgabe, auf die Sachen seiner Familie aufzupassen. Ganz anders ging es zu, wenn er mit dem Förster an einen Teich ging. Erstens waren da keine Menschen, und

Ein Jagdhund, der nicht gerne ins Wasser geht, ist für die Jagd kaum zu gebrauchen. Nicht nur, daß er Wasserwild aus dem Wasser apportieren muß, sondern er muß auch im Schilf stöbern. Deshalb wird die Wasserfreudigkeit und die Leistungsbereitschaft schon im Jugendalter, auf einer Verbands-Herbstzucht-Prüfung, bewertet.

zweitens mußte er vorsichtig ins Wasser gleiten. Vorhandene Wittrung auf dem Wasser durfte nicht zerrissen werden. Beim Stöbern im Schilf nahm er immer wieder Kontakt zu seinem Herrn auf. Da war verhaltene Passion nötig. Das war Arbeit. Die machte ihm aber mindestens genausoviel Spaß wie das Toben. Da Frau Bachmann die Badeausflüge nur hin und wieder im Programm hatte und auch der Förster nur selten mit ihm ans Wasser konnte, war Daiko für jede Abwechslung dankbar. Es kam ihm also gelegen, daß das Käuzchen seine Nähe suchte, auch wenn er sich das nicht anmerken lassen wollte. „Guten Morgen“, krächzte es aus einer Zwingerecke, noch ehe er sich richtig gezeigt hatte. „Guten Morgen“, antwortete er gut gelaunt. „Na, hast du wieder an meiner Hütte gelauscht?“ Der Kauz überging die spöttische Frage. „Ich habe den ganzen Tag darüber nachgedacht, warum mir der

Kater ans Leben wollte?“ Du meinst, du hast die ganze Nacht nachgedacht.“ „Richtig, die ganze Nacht“, sagte der Kauz ganz ernst. Und genauso ernsthaft: „Was wollte der Kater?“ „Dich fressen, nehm ich an“, gab Daiko gelassen zur Antwort. Aus den Augenwinkeln beobachtete er Huhuh. Das Käuzchen saß nachdenklich auf seinem Platz. Daiko war daran gelegen, das Gespräch in Gang zu halten. „Du mußt halt besser auf dich aufpassen.“ „Du glaubst also, der Kater wird es wieder versuchen?“ „Der oder ein anderer.“ ... Sie schwiegen beide. Der Kauz dachte nach, und der Hund richtete sein Fell. „Warum hast Du mir geholfen?“ brach Huhuh das Schweigen. „Ich hasse Katzen“, zischte Daiko. „Willst Du den Kater fressen?“ hakte Huhuh nach. „Der stinkt doch“, kam es sofort zurück. „Frißt du, ich meine, würdest du –“ Huhuh fühlte sein Herz in der Kehle schlagen. „Frißt Du Käuze?“ Jetzt war es raus. Aha, dachte Daiko, da wollte er hin. „Hm, nur wenn ich Hunger hab.“ Erschreckt flog der Kauz auf das Dach. „Komm wieder runter, Käuzchen“, sagte Daiko belustigt, „an dir ist doch nix dran. Nur Federn und Knochen.“ Mit solchen Reden beruhigt man keinen, der gerade nochmal mit dem Leben davongekommen ist. „Sieh mal, man frißt doch keinen, den man mag“, sagte Daiko begütigend. „Wenn ich wirklich mal Hunger habe, was selten genug vorkommt, dann freß ich bei den Hühnern mit.“ „Ist das dein Ernst, du magst mich?“ Huhuh faßte sich. „Naja, du gehörst doch zur Familie“, setzte Daiko schnell nach, „und die steht unter meinem besonderen Schutz.“ Huhu flog wieder auf den Zwingerpfosten. Zwar noch mit klopfendem Herzen, aber doch ein wenig beruhigt.

„Jägerlehrgang"

In der folgenden Zeit sah man beide häufig zusammen. Wenn Daiko Freilauf im Hof hatte, saß Huhuh oft auf dem Hackklotz, und der Hund saß davor. Das Käuzchen war neugierig und wissensdurstig, und Daiko hatte schon viel erlebt. Er wußte eindrucksvoll von der Jagd zu erzählen: „... ich stand mitten im mannshohen Ginster. Von Basso, den sie mir zum Stöbern mitgeschickt hatten, war weit und breit nichts zu sehen." Abgesehen davon, daß der Ginster, wie er vorher schaurig ausgemalt hatte, so dicht war, daß man nicht mal die Pfote vor Augen sehen konnte, kamen andere Jagdhunde in seinen Geschichten immer ein bißchen schlecht weg.

„Wie gesagt, ich war allein, und unmittelbar vor mir die Sauen. Dem Wind nach war es eine Rotte von mindestens zwei Dutzend Stück." Daiko stand sprungbereit neben dem Hackklotz. Seine Augen waren zu Schlitzen verengt, und die Nüstern bebten. Huhuh war so angespannt, daß er die Rotte förmlich winden konnte. Schlagartig entlud sich die Spannung. Daiko machte einen Satz nach vorn, mitten in die Rotte, Huhuh einen in die Luft. „Da flogen die Fetzen", bellte er. „Die erstbeste Sau hab ich angenommen. Ein Biß in die Keule, kurzes Klagen, und los ging die Hatz." Er schnappte ein Holzscheit, daß es krachte. Huhuh war es ganz heiß geworden. Es war ihm, als sei er dabei. „Links und rechts, vor und hinter mir, ja sogar über und unter mir lauter Sauen. Zwei starke Bachen, die in Richtung Erlenbruch flohen, verfolgte ich lauthals, um sie meinem Chef zuzudrücken, der an der Waldkante stand." Und endlich: „Was soll ich sagen, ich hatte

Daiko ist ein ausgezeichneter Erzähler. Auch wenn er hin und wieder übertreibt, wozu übrigens fast alle Jäger neigen, hört sein Freund Huhu ihm gerne und mit Hingabe zu.

die Rotte gesprengt, und schließlich kamen vier Sauen zur Strecke. Genaugenommen waren es fünf, wenn man den starken Frischling dazurechnet, den ich gegriffen und apportiert habe." Daiko hatte sich wieder vor den Hackklotz gelegt und fuhr sich mit seiner Zunge über die Wunde, die das heftig gegriffene Holzstück am Fang hinterlassen hatte. Auch bei Huhuh wich langsam die Spannung. „Basso haben sie später dann auf einem ganz entfernten Wechsel eingefangen. Sein Chef war ganz schön sauer, daß er sich verdrückt hatte." Immer war Daiko der Anführer. Immer gelang ihm ein besonderes Kunststückchen, und meistens waren die anderen Hunde, die man ihm zur Hilfe mitgegeben hatte, keine große Unterstützung. Jedenfalls hieß der strahlende Held immer Daiko. Wie die meisten passionierten Jäger übertrieb er gelegentlich, und Huhuh hatte bald raus, wenn er ins Schwadronieren kam. Er amüsierte sich dann im stillen. Seinen Freund ließ er das aber nicht merken. Erstens glaubte er ihm das meiste, und zweitens hörte er ihm zu gerne zu. „Ich habe auch schon zu jagen versucht“, unterbrach Huhuh das Schweigen nach der anstrengenden Jagd. „So?“ Daiko horchte ungläubig auf. „Ist dir der Hirsch durch die Lappen gegangen?“ fragte er belustigt. Huhuh überhörte den leisen Spott. „Mäuse, nachts laufen hier unglaublich viele Mäuse über den Hof.“ „Und, Waidmannsheil gehabt?“ Diesmal war Daiko ernsthaft interessiert. Obwohl Mäusejagd nicht seine Sache war, wußte er doch, daß Huhuh hauptsächlich mit Mäusen gefüttert wurde. „Nein, entweder es sind zu viele, oder sie bemerken mich zu früh. Jedenfalls habe ich noch keine fangen können. Allmählich schäme ich mich ein bißchen, weil doch Förster Bachmann letzte Woche gesagt hat, langsam müßte der Kauz anfangen, seine Mäuse selber zu fangen.“ „Richtig,“ dachte Daiko, „die Mäuse werden hier zur Plage.“ Er fühlte sich daran ein wenig mitschuldig, da er keine Katze auf dem Hof duldete. „Huhuh wird hier die Katze ersetzen, und Förster Bachmann wird zufrieden sein“, überlegte er weiter. Und zum Käuzchen gewandt: „Ich werde dir helfen, das Jagen zu lernen.“ Förster Bachmann hatte weniger das notwendige Reduzieren der Hofmäuse im Sinn, als vielmehr die Sorge, daß der wilde Findling Huhuh bald in die Freiheit zurückkehren würde. Dann müßte er das Jagen gelernt haben, weil dann niemand mehr da war, der ihn fütterte. „Ich weiß nicht recht, ob ich das je lernen werde“, sagte Huhuh mit zweifelnder Miene. „Ich wär nicht weit und breit der beste Jagdhund, wenn ich dir das nicht beibringen könnte“, kam es selbstbewußt als Antwort. „Schließlich gehe ich seit meiner frühesten

Kindheit erfolgreich zur Jagd", wobei Daiko das „erfolgreich" besonders betonte, „und beigebracht hat mir das alles Förster Bachmann." Das zog. Huhuh faßte neuen Mut. Er war glücklich, daß er sich seinem Freund offenbart hatte und daß der ihm jetzt helfen würde. Sie verabredeten sich für die kommende Nacht und wollten deshalb fürs erste schlafen gehen. Daiko hatte sich kaum hingelegt, da schnarchte er auch schon. Bei Huhuh dauerte es etwas länger. Zu aufgeregt war er, und lange dachte er an die kommende Nacht.

Fortsetzung des „Jägerlehrgangs" und große Jagd

Es kam, wie Daiko es vorhergesagt hatte. Einige nächtliche Übungsstunden unter seiner Aufsicht, und Huhuh wurde allmählich ein richtig guter Jäger. Daiko war aber auch ein ausgezeichneter Lehrmeister. Zuerst ließ er sich von Huhuh vorführen, wie der bisher versucht hatte, Mäuse zu erbeuten. Schnell erkannte er, daß der Kauz sich von mehreren Mäusen verwirren ließ, anstatt sich eine auszusuchen und diese dann auch zu greifen. Oben auf seiner Hütte hatte er einen guten Überblick und erkannte, daß die Mäuse auch vor dem Schatten des anfliegenden Vogels flohen. „Sag mal", fragte er Huhuh, „sind unter dem Schuppendach keine Mäuse, oder siehst du sie nicht?" „Doch, jede Menge, und sehen tu ich sie auch", schnaufte Huhuh sichtlich angestrengt. „Dann versuch doch, dort mal eine zu fangen. Du fliegst zwar lautlos aber nicht unsichtbar. Dein Mondschatten verrät dich. Du mußt die Deckung des Schuppendachs nutzen. Außerdem fliegst du zu spät los. Kein Wunder, daß die Maus im Loch verschwindet und du gegen die Wand donnerst." So lernte Huhuh das richtige Abschätzen von Entfernungen, das Ausnutzen von Deckung, das Einsetzen seiner Kräfte und das wendige Fliegen. Er lernte, wie ein Kauz zu jagen. In Verschnaufpausen und nach erfolglosen Versuchen merkte er, daß Beutemachen sehr anstrengend ist. Dann wollte er manchmal aufgeben. Aber Daiko sagte: „Wenn du später mal darauf angewiesen bist, dich selbst zu ernähren, dann mußt du nach ein paar Versuchen Erfolg haben. Sonst wirst du schwach und schwächer, bis du schließlich keine Kraft mehr

Waldkauz im Beuteanflug. Eulen greifen ihre Beute, vorwiegend Mäuse, mit den Fängen und töten sie mit dem Schnabel. Die Beute wird unzerstückelt hinunter gewürgt. Die unverdaulichen Reste, Haare und Knochen, werden in Gestalt wurstförmiger Gewölle wieder ausgewürgt. Durch Untersuchung vieler Gewölle kennt man den Speisezettel der verschiedenen Eulen ziemlich genau. Dem Waldkauz sieht man den energiezehrenden Beuteanflug an. Jungvögel lernen die Technik, solange sie noch von ihren Eltern gefüttert werden. Problematisch wird es für Tiere die vom Menschen, also artfremd, aufgezogen werden. Kauz Huhu hat Glück, daß er in Daiko einen erfahrenen und umsichtigen Freund findet.

hast und verhungerst. Also jetzt üben, solange dich Förster Bachmann noch füttert." Diese Reden nahm sich Huhuh zu Herzen. Allmählich wurde er immer sicherer, bis er schließlich fast jeden Beuteanflug erfolgreich abschloß. Eines Morgens, als Huhuh gerade eine selbstgejagte Maus auf Daikos Zwingerpfosten kröpfte, kam Förster Bachmann dazu. Er rief seine Frau und sagte zu ihr: „Sieh mal, unser Findling wird erwachsen, er macht jetzt seine Beute selbst." Frau Bachmann zeigte auf Daiko, der auf seinem Lattenrost saß und zu Huhuh hochsah: „Unser Daiko scheint sich auch darüber zu freuen." Huhuh zwinkerte Daiko mit einem Auge zu, als wollte er sagen, das haben wir doch gut hingekriegt. Und Daiko dachte, daß Huhuh eigentlich ein ausgezeichneter Schüler war. Am nächsten Morgen war schon ganz früh mächtig was los auf dem Hof. Es war die große Herbstjagd angesetzt, und alle Beteiligten, die Treiber und Jäger mit ihren Hunden waren da. Fritz, der junge Forstwirt, der zur Zeit gerade Jägerlehrling war, kam mit Förster Bachmann an den Zwinger. „Fritz, Sie können heute den Daiko führen. Trauen Sie sich das zu?" fragte der Förster.

„Aber ja, wir machen das schon, nicht wahr mein Guter." Fritz kraulte Daiko. Der quittierte das mit einem „Wuff" und freudigem Rutewedeln. Die ganze Gesellschaft ging ins Haus, nur zwei Hunde waren am Tor angebunden, und einer lärmte aus einem Auto heraus. Huhuh kam auf den Zwingerpfosten. „Sind das deine Freunde?" fragte er und meinte die draußengebliebenen Hunde. „Freunde, na ja, ich vertrag mich halt mit ihnen, solange sie mich nicht stören", war die überhebliche Antwort. „Und dieser schöne rote Hund, der so ganz majestätisch daliegt?" fragte Huhuh weiter. „Andra von den Hohen Tannen, Hannoveraner, spricht nicht mit jedem. Sie hält sich für was Besseres. Ihren Vater, Gero, den hättest du kennen müssen. Auch sehr vornehm, sicher. Er war schon ein älterer Herr, als ich ihn kennengelernt habe, aber für eine richtige Rauferei war der sich nicht zu schade. Die redet, wenn überhaupt, nur von Hirschen. Alles andere ist unter ihrer Würde. Naja, ist ja auch ihre Aufgabe." „Was macht sie?" wollte Huhuh wissen. „Hannoveraner arbeiten ausschließlich auf Hochwildfährten. Meistens suchen sie krankes Wild nach, manchmal arbeiten sie auch Gesundfährten." Daiko kannte sich aus. „Und, kann sie das, die Andra?" Dabei beobachtete Huhuh Daiko spöttisch. „Ja, das kann sie", mußte er zugeben. „Der andere, der wuschelige Braune am Hoftor, was hat der für ´ne Macke?" zog Huhuh seinen Freund auf. „Das ist Hatz vom Bärwinkel, Deutscher Wachtelhund. Wird hauptsächlich zum Stöbern im Wald eingesetzt. Er hat die Jagd erfunden, glaubt er jedenfalls. Du solltest mal sehen, was passiert, wenn der losgelassen wird. Den kriegt sein Herr die nächste Stunde nicht mehr zu Gesicht." Daiko schüttelte den Kopf. „Stöbern, das machst du doch auch. Kann Hatz das besser als du?" stachelte Huhuh seinen Freund. „Kein Jagdhund", erregte sich Daiko, „kann irgendwas besser als ich. Das solltest du dir merken. Sicher er ist etwas kleiner und daher wendiger im dichten Unterholz. Aber was macht er am Fasan im Feld, frag ich dich, hä? Vorstehen oder was? Alles falsch macht er da." Huhuh sagte nicht, daß es unfair ist, einen Stöberhund wie Hatz vorstehen zu lassen, sondern freute sich diebisch, Daiko so auf die Palme zu bringen. „Fehlt noch der kleine schwarze Kerl, der gerade die Sitze im Auto zerlegt." Huhuh konnte kaum noch das Lachen unterdrücken. „Drauf vom Kratzbusch, Deutscher Jagdterrier. Sie hätten ihn besser Rauf genannt, das ist nämlich seine Leidenschaft. Er bekämpft alles und jeden, wenn man ihn läßt. Der würde sogar gegen mich gehen", sagte Daiko. „Seine eigentliche Aufgabe ist es, in den Fuchsbau einzuschliefen und den Fuchs zu sprengen. Das solltest du mal sehen, wie schnell so ein Fuchs rennen kann." „Vor dem kleinen Burschen hast du aber keine Angst." „Natürlich nicht", gab Daiko zurück. Daß er es nicht darauf ankommen lassen würde, behielt er lieber für sich. Von jetzt ab war Daiko nicht mehr ansprechbar. Die Jagdgesellschaft kam aus dem Haus, Fritz legte Daiko Halsung und Leine an, und alle nahmen Aufstellung. Auf der ersten Treppenstufe stand Förster Bachmann. Die Jagdteilnehmer standen ihm im lockeren Halbkreis gegenüber. Links außen die Jäger mit den Hörnern. Rechts außen die Hundeführer und die Treiber. In der Mitte die übrigen Teilnehmer. Die Hörner schmetterten die „Begrüßung". Die Hunde sangen kräftig mit. Das „Geläut", wie Förster Bachmann es sehr zur Verwunderung von Huhuh nannte. Er war der Meinung, daß die vierbeinigen Jagdhelfer noch kräftig üben müßten. Unter Geläut stellte er sich jedenfalls was anderes vor. Als Jagdleiter gab Förster Bachmann Anweisungen, damit sich die Treiber und Jäger den Ablauf der Jagd einprägten. Bevor die ganze Gesellschaft abmarschierte, bliesen die Hörner noch „Aufbruch zur Jagd“. Und wieder sangen die Hunde mit.

Der *Deutsche Wachtelhund* ist die einzige deutsche Stöberhundrasse. Sein Leistungsprofil ähnelt dem der deutschen Vorstehhunde, mit Ausnahme des Vorstehens. Der Schwerpunkt der Zucht liegt auf dem spurlauten Stöbern, d. h. der Wachtel muß größere Flächen, meist Waldstücke, selbständig und ohne Kontakt zum Führer durchstöbern. Außer dem Deutschen Wachtelhund werden bei uns noch, wenn auch sehr selten, Spaniels für diese Arbeit eingesetzt.

Der *Hannoveraner* zählt zu den Schweißhunden. Er gehört zu den ältesten Hunderassen bei uns. Seine Vorfahren waren die Bracken der Kelten. Er wurde ursprünglich aus den Leithunden der großen Hundemeuten vergangener Zeiten herausgezüchtet. Die Ruhe und Wesensfestigkeit, die so ein Hund ausstrahlt, ist die auffälligste Charaktereigenschaft. Dazu kommen beste Nase, Schärfe, Finderwille und Lautfreudigkeit. Er wird ausschließlich zur Arbeit auf der Hochwildfährte eingesetzt. Der Rasseverein, Hirsch-

Deutscher Wachtelhund

Hannoveraner Schweißhund

mann, achtet streng darauf, daß der Hannoveraner nur in solche Hände kommt, wo er sein überragendes Können auch entfalten kann. Für gebirgige Regionen wurde aus dem Hannoveraner der Bayerische Gebirgsschweißhund, die zweite bei uns geführte Schweißhundrasse, herausgezüchtet.

Deutsch-Kurzhaar

Deutsch-Drahthaar

Daiko, der Held der Geschichte, ist ein „Langhaariger Deutscher Vorstehhund", abgekürzt Deutsch-Langhaar. Es gibt natürlich noch eine Vielzahl anderer Vorstehhunde im In- und Ausland. Beschränken wir uns auf unsere Deutschen Vorstehhunde. Abgebildet sind hier der *Deutsch-Kurzhaar* und der *Deutsch-Drahthaar*. Bleiben noch der Deutsch-Stichelhaar, der Große und der Kleine Münsterländer, der Weimaraner, der Pudelpointer und der Griffon. Im Gegensatz zu vielen ausländischen Vorstehhunden, soll der Deutsche Vorstehhund nicht nur vorstehen. Er ist als vielseitiger Allroundhund gezüchtet. Sein Arbeitsgebiet erstreckt sich von der Suche mit hoher Nase und dem Vorstehen, wenn er Wildwitterung hat, über das Apportieren, das Verlorensuchen mit tiefer Nase auf der Wundspur von Niederwild, bis hin zum Stöbern und schließlich der Nachsuche auf Schalenwild. Er muß unerschütterlich wesensfest sein und Schärfe mitbringen. Von ihm werden in den unterschiedlichsten Fächern Höchstleistungen erwartet, die nur Tiere aus jagdlicher Leistungszucht mit fertiger Abrichtung erbringen können. Selbstverständlich muß so ein Hund regelmäßig in den verschiedenen Fächern gefordert werden, um ein einmal erreichtes Leistungsniveau zu halten. Die Schläge und Rassen sind in der Veranlagung für alle Arbeiten geeignet. Natürlich haben alle ihre Vorzüge. So besticht der Deutsch-Kurzhaar bei der Feldsuche, der Deutsch-Drahthaar wird mehr am Wasser geführt, und der Deutsch-Langhaar ist der Hund des Waldjägers. Grundsätzlich aber gilt, jeder Hund leistet dort vorzügliche Arbeit, wo er am meisten eingesetzt wird. Die Neigung des Jägers entscheidet auch bei der Rassewahl. Eines jedoch gilt für alle Jagdhunde, arbeiten müssen sie dürfen. Ein Jagdhund will sich austoben, seine Anlagen ausleben, er will jagen. Dafür ist er gezüchtet. Ein Jagdhund der nur auf einem Hof herumliegt, oder schlimmer noch, kaum aus dem Zwinger kommt, ist ein bedauernswertes Geschöpf.

Deutscher Jagdterrier

Langhaarteckel

Der *Deutsche Jagdterrier* ist rassegeschichtlich ein ganz junger Hund. Seine Zucht nahm ihren Anfang zu Beginn des 20. Jahrhunderts. Ihn zeichnen Schneid, Schärfe, Jagdverstand und Kraft aus. Sein Hauptaufgabengebiet liegt unter der Erde im Fuchs- und Dachsbau. Aber auch Verlorenbringen, Apportieren und Stöbern, oft in einer kleinen Meute, werden von ihm verlangt. Seine Führung gilt als schwierig, weshalb er eine starke Hand braucht.

Der *Teckel*, auch Dachshund genannt, ist der Deutschen liebster Hund. Deshalb ist er auch außerhalb der Jagd häufig des Menschen bester Freund und heißt dort Dackel. Die Teckel gehören zur Rassegruppe der Bracken und sind deren niederläufige, d. h. kurzbeinige, Vertreter. Den Teckel gibt es in verschiedenen Schlägen, langhaarig, rauhhaarig und kurzhaarig und auch in zwei Größen. Er gilt als mutig und scharf, ist spurlaut und hat Spurwillen. Er wird häufig unter der Erde im Fuchsbau eingesetzt, er stöbert ausgezeichnet, und als Bracke eignet er sich sehr gut für die Schweißarbeit. Er ist einer der in Deutschland am häufigsten geführten Jagdhunde.

Wohnungsnot

Huhuh unternahm jetzt immer weitere Ausflüge. Er erzählte dann Daiko, was er gesehen und erlebt hatte. Er brachte von seinen Ausflügen viele Fragen mit. Nicht alle konnte Daiko beantworten. Das lag auch daran, daß Huhuh viel in der Nacht unterwegs war, Daiko hingegen meistens nur am Tage ins Revier kam. Und in Wald und Feld passieren nachts andere Dinge als am Tage. Es sind auch andere Tiere aktiv. Fast könnte man sagen, es sind zwei Welten. Die zwei Freunde hatten sich jedenfalls viel zu erzählen. Eines Morgens, der Winter war schon fast vorüber, kam Huhuh aufgeregt zurück. „Stell dir vor", sagte er zu Daiko, „heute nacht habe ich einen anderen Waldkauz getroffen. Sie ist eine Käuzin. Ihre Eltern haben zu ihr und ihren Geschwistern gesagt, sie sollen sich Partner und ein eigenes Revier suchen." „Warum hast du sie nicht mitgebracht?" fragte Daiko. „Hier ist doch genug Platz. Die Mäuse reichen auch für zwei Käuze." „Sie traut sich nicht. Ihre Eltern haben ihr eingeschärft, daß alles was ein Fell hat, sie fressen will. Und du hast nun mal ein Fell." Obwohl er ein bißchen beleidigt war, wußte Daiko, daß das wahr war. Er würde, wenn er hungrig wäre und einen Kauz finge, diesen auch fressen. Mit einer Ausnahme: Huhuh. „Sei nicht traurig", tröstete ihn Huhuh, „vielleicht kann ich sie ja noch überreden." Daiko ahnte, daß das nicht gelingen würde.

„Unser Käuzchen ist nun schon seit zwei Wochen nicht mehr dagewesen." Es war der Förster, der das sagte. Er stand mit Anja vor der Voliere. „Offensichtlich ist er in die

Freiheit geflogen." Daiko hörte aufmerksam zu, was der Förster seiner Tochter erzählte: Im Februar suchen sich die Käuze Partner, das nennt man Balz. Huhuh hat eine Partnerin gefunden. Ende Februar legt das Weibchen 3–4 Eier, die 28 Tage bebrütet werden. 30 Tage sind die geschlüpften Jungen Nestlinge, dann hüpfen sie erst auf die umliegenden Äste. Alsbald lernen sie dann fliegen und allmählich das Jagen. Sie werden aber noch zwei Monate von ihren Eltern gefüttert. Förster Bachmann holte die kleine Voliere vom Vordach und verstaute sie im Schuppen. „Mal sehen, wen wir als nächstes zu Gast haben." Dabei streichelte er Anja über den Kopf. „Wenn das so ist," dachte Daiko, „dann ist ja mit Huhuh alles in Ordnung." Nun kam Anja zum Zwinger und ließ Daiko heraus. Sie schmusten ein bißchen, und Daiko sagte zu ihr: „Eigentlich haben wir keinen Grund, traurig zu sein." Er glaubte, daß Anja ihn verstand. Ein paar Wochen später, Daiko war gerade wach geworden, streckte sich und kam aus der Hütte, da hörte er vom Zwingerpfosten ein „Guten Morgen." Das war eine große Freude. Da oben saß Huhuh. Daiko wollte alles wissen. Wie es ihm ergangen sei, seit er fort war. Ob er Junge habe. Ob sie schon alleine jagen könnten. Ob er glücklich sei. Frau Bachmann kam und ließ Daiko aus dem Zwinger.

Sie erkannte Huhuh und freute sich sehr über ihn. Dann ließ sie die beiden alten Freunde allein. Es war wie früher. Der Kauz saß auf dem Hackklotz und der Hund davor. Nur daß diesmal Huhuh erzählte und Daiko zuhörte. Anfangs war es nicht leicht für das Kauzpaar. Sie suchten nach einem Nistplatz, hatten aber wenig Glück. Alle geeigneten Reviere in der Nähe waren von älteren Käuzen oder von anderen Tieren besetzt. Dann, als sie glaubten, ein passendes Revier gefunden zu haben, sind sie gerade nochmal mit dem Leben davongekommen. Sie wurden von einem Marder überrascht und konnten in letzter Sekunde davonfliegen. Am meisten störte Huhuh, daß die Menschen an ihren Siedlungsrändern zwar

Natürliche Feinde der Eulen sind größere Greifvögel und Marder. In der Nähe menschlicher Siedlungen werden ihnen auch noch streunende Katzen gefährlich. Hauptfeinde aber sind die flinken Kletterer, die Marder, z. B. der hier abgebildete, als Kulturfolger bekannte Steinmarder. Der Baummarder ist als Kulturflüchter im Wald anzutreffen. Wenn wir Nisthilfen für Eulen anlegen, müssen wir auch an den Schutz vor Mardern denken. Doppelte, innen versetzte Einfluglöcher oder eine für den Marder nicht erreichbare Plazierung können z. B. gute Dienste leisten.

schöne Gärten hätten, aber keine Bäume drin seien. „Alles ist nur ein, zwei Meter hoch, da kann unsereiner nicht brüten.“ Weit mußten sie fliegen, bis sie endlich einen geeigneten Platz fanden. Sie brüteten auf einem alten Pflaumenbaum inmitten einer Oase. Viele alte Obstbäume stünden in der Nähe. Ein reichliches Nahrungsangebot an Käfern, Fröschen und Mäusen. Das Gras wird von ein paar Schafen kurz gehalten. Katzen und Marder hätten es schwer, weil der Besitzer der Streuobstwiese diese fleißig wegfange. Daiko erinnerte sich, daß Förster Bachmann vor ein paar Jahren mal eine Zeitlang ziemlich aufgeregt und böse war, weil am Dorfrand Streuobstwiesen einem Neubaugebiet geopfert wurden. Damals dachte Daiko, daß man wegen ein paar alter Bäume nicht so ein Aufhebens machen müsse. Jetzt verstand er, und er ärgerte sich noch nachträglich. Da hätten Huhuh und seine Frau eine schöne Wohnung ganz in der Nähe gehabt. Katzen und Marder hätte er schon fleißig weggefangen, Förster Bachmanns Erlaubnis vorausgesetzt. Huhuh erzählte noch, daß er seinen Jungen das Jagen so beigebracht hätte, wie er es von Daiko gelernt habe. Sie entwickelten sich prächtig. Daiko hörte aufmerksam zu. So plauderten sie noch eine ganze Weile, bis Huhuh sagte: „Ich muß wieder nach Hause. Es ist ein weiter Weg. Meine Familie wird sich bestimmt Sorgen machen, wenn ich zu lange wegbleibe." Zum Schluß versprach Huhuh noch, daß er von Zeit zu Zeit mal vorbeikäme, seinen alten Freund Daiko zu besuchen. Sie wünschten sich gegenseitig viel Glück, Huhuh flog davon, und Daiko legte sich zufrieden vor seine Hütte.

Unser Waldkauz brütet vorwiegend in Baumhöhlen. Er nimmt aber auch Felshöhlen und sogar Aushöhlungen in Gemäuern an. So wie er sind auch andere Eulen auf Höhlen angewiesen, beispielsweise der Rauhfußkauz, der gerne Spechthöhlen bezieht. Deswegen sollten im Wald nicht alle alten, eventuell toten Bäume entnommen werden. Diese Art von Vogelschutz ist natürlicher und auch günstiger als Nistkastenbau, auch wenn dann der Wald unaufgeräumt aussieht. In der Nähe unserer Siedlungen sollten genügend alte Obst- und andere Bäume erhalten bleiben. Das dient nicht nur den Eulen. Ein schöner, großer, alter Birnbaum ist auch einfach prächtig anzusehen. Für die Eulen, die in der Nähe des Menschen leben und jagen, kann ohne großen Aufwand viel getan werden. Einfluglöcher in Scheunen, Kirchtürmen und anderen Gebäuden ermöglichen nicht nur den Eulen die Jagd und gewähren Unterschlupf, auch andere gefährdete Tiere, z. B. Fledermäuse, danken uns die Umsicht, indem sie uns mit ihrer Anwesenheit erfreuen und sich im Garten nützlich machen. Wenn aber Arten, wie der Steinkauz, in ihrem Bestand gefährdet sind, dann muß ihnen mit Nistkästen geholfen werden.

Glossar

Manche Begriffe, die im Text vorkommen, sind dem Nichtjäger-Leser vielleicht unverständlich. Sie entstammen der Jägersprache, einer der wenigen Zunftsprachen, die sich über Jahrhunderte erhalten hat. Auch heute noch benutzt der echte, „weidgerechte" Jäger die überlieferten Begriffe. Ja, es ist sogar unter Jägern üblich, denjenigen zu bestrafen, der andere als die „weidmännischen" Begriffe benutzt. Die Nuancierung ist manchmal sehr fein. So spricht z. B. Förster Bachmann in Kapitel 9 von „Geläut", als die Hunde beim Hörnerklang mitbellen. „Geläut" sagt der Jäger dann, wenn mehrere Hunde zusammen bellen. Bellt ein einzelner Hund, so gibt er „Hals" oder „Laut". Die Jägersprache ist schon ein kleiner poetischer Schatz; ihr haftet überhaupt nichts Lächerliches an, wenn sie im passenden Rahmen richtig benutzt wird. Die nun folgenden Begriffe sind unter Umständen nicht erschöpfend ausgeführt. Sie sollen vielmehr dem nicht sachverständigen Leser die Möglichkeit bieten, auftretende Fragen zufriedenstellend zu beantworten. Dem Jäger ist klar, daß z. B. ein Bauhund nicht nur am Fuchsbau zu gebrauchen ist und daß es auch noch andere Rassen als den Deutschen Jagdterrier für diese Arbeit gibt, oder daß man nicht das Blut allen Wildes Schweiß nennt etc. Wer sich die Weidmannssprache aneignen und auch den Jagdbetrieb und das dazugehörige Jagdhundegebrauchswesen besser verstehen möchte, findet im Parey Buchverlag ausgezeichnete Literatur.

Abfährten: nach → Fährten von Tieren suchen
Abrichten: systematisch einen Jagdhund ausbilden
Annehmen: angreifen
Anschuß: die Stelle im Gelände, an der Wild den Treffer erhalten hat
Anwechseln: Hochwild, das auf den Jäger zuläuft (→ Wechsel)
Apportieren: der Hund trägt im Fang seinem Herrn etwas zu
Äugen: schauen

Bache: weibliche → Sau
Behang (Mz. Behänge): Ohren des Vorstehhundes
Balzzeit: Begattungszeit von Federwild
Bau: Höhle (Wohnung) des Fuchses und des Dachses
Bauhund: Jagdhundrassen, die aufgrund ihrer Größe und ihres Mutes in der Lage sind, in einen → Bau → einzuschliefen
Beizjagd: Falknerei, Jagd mit einem abgerichteten Greifvogel

Deutscher Jagdterrier: Jagdhundrasse → Bauhund

Einschliefen: nennt man das Hineinkriechen des → Bauhundes in einen Fuchs- oder Dachsbau

Fahne: die langen Haare an der → Rute langhaariger Jagdhunde
Fährte: → Hochwild hinterläßt eine Fährte (Tritte)
Fang: Schnauze des Jagdhundes
Feldsuche: planmäßiges Absuchen einer Feldfläche, Wiese
Finderwille: Der gute Jagdhund setzt seine Nase ein, um Wild zu finden. Er rennt nicht einfach durch die Gegend
Firm: fertig → abgerichtet, der Hund zeigt gute Gesamtleistung
Frischling: Wildschweinjunges, noch nicht ein Jahr alt
Futterschleppe: Schleppspur mit Futterbrocken, um den ganz jungen Hund im Nasengebrauch zu üben

Geläut: vereintes Bellen mehrerer Jagdhunde
Gesundfährten: → Fährten von gesunden Tieren (→ Hochwild), die dem Jäger Aufschluß geben, welche und wieviele Tiere im Revier sind

Halsung: Halsband, an dem die Hundeleine befestigt wird
Hannoveraner: → Schweißhundrasse
Hatz: der Hund hetzt Wild hinterher
Haumeister: Berufsbezeichnung; Leiter der Waldarbeiter
Hochwild: Wild wird u. a. in Hoch- und Niederwild eingeteilt. Die Einteilung stammt aus früherer Zeit. Der Hochadel (Könige, Fürsten) hatte das Jagdrecht auf Hochwild (Hirsche, Sauen, Auerwild, Steinadler und Seeadler). Der niedere Adel durfte nur Niederwild (alles jagdbare Wild, was nicht Hochwild ist) bejagen
Hosen: lange Behaarung an den Hinterläufen langhaariger Vorstehhunde
Hühner: Rebhühner

Kröpfen: Greifvögel und Eulen kröpfen, wenn sie Beute fressen

Niederwild: → Hochwild
Nüstern: Nasenflügel

Paß: → Niederwild (besonders der Fuchs) bewegt sich oft auf ganz bestimmten Wegen (Pässen) durch das Revier
Passion: hier Jagdleidenschaft
Pirschen, Pirschgang: Der Jäger geht äußerst vorsichtig im Revier, um Wild zu sehen

Revier: Jagdbezirk
Revieren, abrevieren: suchen, absuchen
Rist: Stelle zwischen den Schulterblättern des Jagdhundes
Rotte: Verband von → Sauen
Rute: Schwanz des Jagdhundes

Sau (Mz. Sauen): Wildschwein, auf gar keinen Fall geringschätziger Begriff
Schärfe: Für einen Jagdhund unabdingbar ist die Wildschärfe. Er muß Beutegreifer und Streuner fassen und → würgen
Schweißhund: Jagdhundrassen, die speziell gezüchtet sind, um der Fährte von krankem Wild zu folgen (Schweiß = Blut)
Sichtlaut: Der Hund gibt Laut, wenn er sichtiges Wild hetzt
Sprengen: auseinander- bzw. heraustreiben

Spurlaut: Der Hund gibt auf frischer Spur Laut, ohne das Wild vor Augen zu haben
Ständer: die Beine von Federwild
Stöbern: nennt man die Arbeit des Hundes, wenn er dichtes Gestrüpp o. ä. nach Wild absucht
Stöberhund: Hunderassen, die speziell zum → Stöbern gezüchtet sind
Streuobstwiese: Locker mit hochstämmigen Obstbäumen bestandene Wiesen in Siedlungsnähe. Extensive Doppelnutzung – Mostobst und Futtergras

Verlorenbringen: die Fähigkeit eines Jagdhundes, sicher und ausdauernd der Spur oder dem Geläuf kranken Niederwildes zu folgen und es zu bringen
Vorstehen: Der → Vorstehhund verharrt ganz ausdrucksvoll, sobald er → Wittrung von → Wild in die Nase bekommt
Vorstehhund: Hunderassen, die durch lange Zuchtauswahl die Erbanlage des → Vorstehens haben

Wachtelhund (Deutscher W.): Jagdhundrasse, speziell zum → Stöbern gezüchtet
Wasserwild: Federwild, das überwiegend im oder am Wasser lebt
Weidmannsheil: Jägergruß, hier die Frage, ob die Jagd erfolgreich war
Wechsel (Verb: wechseln): → Hochwild bewegt sich oft auf ganz bestimmten Wegen (Wechsel) im Revier
Wild: Wildtiere; hier solche, auf die die Jagd ausgeübt wird
Wittrung: Duft
Würgen: töten

Ludwig Benedikt Freiherr von Cramer-Klett

Glückselige Einsamkeit
6., unveränderte Auflage.
1996. 396 Seiten.
13 x 21,5 cm. Gebunden.
DM 49,80 / öS 364,– / sFr 46,–
ISBN 3-8263-8432-6

Die Heuraffler und andere Bergjägergeschichten
4. Auflage. 1986.
232 Seiten mit 8 Tafeln.
14 x 22 cm. Gebunden.
DM 42,– / öS 307,– / sFr 39,–
ISBN 3-8263-8054-1

Im Gamsgebirg
Erlebnisse und Erfahrungen um das Krickelwild.
1988. 170 Seiten mit 12 Abbildungen.
14 x 22 cm. Gebunden.
DM 36,– / öS 263,– / sFr 33,50
ISBN 3-8263-8056-8

Spiel der Lichter und Schatten
Von eines Jägers Wünschen und Wegen.
3. Auflage. 1980.
308 Seiten.
14 x 22 cm. Gebunden.
DM 34,– / öS 248,– / sFr 31,50
ISBN 3-8263-8029-0

Wand der Lieblinge
und andere Jagderzählungen.
1995.
156 Seiten mit Aquarellen von Jörg Mangold.
14 x 22 cm. Gebunden.
DM 36,– / öS 263,– / sFr 33,50
ISBN 3-8263-8069-X

Zum Jagen zog ich frohen Sinns
Auf Rehbock, Hahn und Hirsch.
2. Auflage.
1993.
288 Seiten mit 1 Tafel.
14 x 22 cm. Gebunden.
DM 42,– / öS 307,– / sFr 39,–
ISBN 3-8263-8062-2

Cramer-Kletts letztes Buch enthält jagdliterarische Streifzüge durch die Aschauer Berge und das Voralpenland. Ob es um die Balz des Auerhahns geht, um Erinnerungen längst vergangener Tage, immer sind es sprachlich differenzierte Schilderungen von Mensch und Landschaft.

Preisstand: 1. April 1997

Parey Buchverlag · Berlin

PAREY